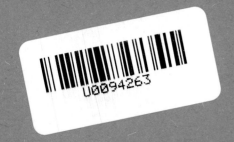

花間集卷第六　五十一首

歐陽舍人炯十三首

南鄉子八首　獻衷心一首

賀明朝二首　江城子

鳳樓春一首

和學士凝二十首

小重山二首　臨江仙二首

菩薩蠻一首　山花子二首

河滿子二首　薄命女一首
望梅花一首　天仙子二首
春光好二首　採桑子一首
柳枝三首　漁父一首
顧太尉敻十八首
虞美人六首　河傳三首
甘州子五首　玉樓春四首
南鄉子　歐陽舍人炯

嫩草如煙石榴花發海南天日暮江亭春影
淥鴛鴦浴水遠山長看不足
畫舸停橈槿花籬外竹橫橋水上遊人沙上
女迴顧笑指芭蕉林裏住
岸遠沙平日斜歸路晚霞明孔雀自憐金翠
尾臨水認得行人驚不起
洞口誰家木蘭船繫木蘭花紅袖女郎相引
去遊南浦笑倚春風相對語

二八花鈿胷前如雪臉如蓮耳墜金鐶穿瑟
瑟霞衣窄笑倚江頭招遠客
路入南中桄榔葉暗蓼花紅兩岸人家微雨
後收紅豆樹底纖纖擡素手
袖斂鮫綃採香深洞笑相邀藤杖枝頭蘆酒
滴鋪葵蓆豆蔻花間趖晚日
翡翠鵁鶄白蘋香裏小沙汀島上陰陰秋雨
色蘆花撲數隻魚船何處宿

獻衷心

見好花顔色爭笑東風雙臉上晚粧同閑小樓深閤春景重重三五夜偏有恨月明中情未已信曾通滿衣猶自染檀紅恨不如雙鷰飛舞簾攏春欲暮殘絮盡柳條空

賀明朝

憶昔花間初識面紅袖半遮粧臉輕轉石榴裙帶故將纖纖玉指偷撚雙鳳金線　碧梧

桐瑣深深院誰料得兩情何日教繾綣羨春
來雙鷰飛到玉樓朝暮相見
憶昔花間相見後只憑纖手暗抛紅豆人前
不解巧傳心事別來依舊辜負春晝　碧羅
衣上蹙金繡覩對鴛鴦空裛淚痕透想韶顏
非久終是爲伊只恁偷瘦

江城子

晚日金陵岸草平落霞明水無情六代繁華

暗逐逝波聲空有姑蘇臺上月如西子鏡照
江城

鳳樓春

鳳髻綠雲叢深掩房櫳錦書通夢中相見覺
來慵匀面淚臉珠融因想玉郎何處去對淑
景誰同　小樓中春思無窮倚欄顒望闇牽
愁緒柳花飛起東風斜日照簾羅幌香冷粉
屏空海棠零落鶯語殘紅

小重山

和學士凝

春入神京萬木芳禁林鶯語滑蝶飛狂曉花擥露妬啼粧紅日永風和百花香　煙瑣柳絲長御溝澄碧水轉池塘時時微雨洗風光天衢遠到處引笙篁

正是神京爛熳時羣仙初折得郄詵枝烏犀白紵最相宜精神出御陌袖鞭垂　柳色展愁眉管絃分響亮探花期光陰占斷曲江池

新牓上名姓徹丹墀

臨江仙

海棠香老春江晚小樓霧縠涳濛翠鬟初出繡簾中麝煙鸞珮惹蘋風　碾玉釵搖鸂鶒戰雪肌雲鬢將融含情遥指碧波東越王臺殿蓼花紅

披袍窣地紅宮錦鶯語時轉輕音碧羅冠子穩犀簪鳳皇雙颭步摇金　肌骨細匀紅玉

軟臉波微送春心嬌羞不肯入鴛衾蘭膏光
裏兩情深

菩薩蠻

越梅半拆輕寒裏冰清澹薄籠藍水暖覺杏
梢紅遊絲狂惹風　閑堦莎徑碧遠夢猶堪
惜離恨又迎春相思難重陳

山花子

鶯錦蟬穀馥麝臍輕裾花草曉烟迷鸂鶒顫

金紅掌墜翠雲低　星靨笑隈霞臉畔蹙金
開襜襯銀泥春思半和芳草嫩緑萋萋
銀字笙寒調正長水紋簟冷畫屏凉玉腕重
金扼臂澹梳粧　幾度試香纖手暖一迴嘗
酒絳脣光佯弄紅絲蠅拂子打檀郎

河滿子

正是破瓜年幾含情慣得人饒桃李精神鸚
鵡舌可堪虛度良宵却愛藍羅裙子羨他長

束纖腰
寫得魚牋無限其如花鏁春輝目斷巫山雲雨空教殘夢依依却愛薰香小鴨羡他長在屏幃

薄命女　一名長命女

天欲曉宮漏穿花聲繚繞牕裏星光少冷霞寒侵帳額殘月光沉樹杪夢斷錦幃空悄悄強起愁眉小

望梅花

春草全無消息臘雪猶餘蹤跡越嶺寒枝香自拆冷豔奇芳堪惜何事壽陽無處覓吹入誰家橫笛

天仙子

柳色披衫金縷鳳纖手輕捻紅豆弄翠娥雙臉正含情桃花洞瑶臺夢一片春愁誰與共

夘古柳字後方從木又一本作夘兩存之

洞口春紅飛蔌蔌仙子含愁眉黛緑阮郎何事不歸來懶燒金慵篆玉流水桃花空斷續

春光好

紗窻暖畫屏閑嚲雲鬟睡起四肢無力半春間　玉指剪裁羅勝金盤點綴酥山窺宋深心無限事小眉彎

蘋葉軟杏花明畫船輕雙浴鴛鴦出渌汀棹歌聲　春水無風無浪春天半雨半晴紅粉

相隨南浦晚幾含情

採桑子

蝤蠐領上訶梨子繡帶雙垂椒戶閑時競學
樗蒱賭荔枝　叢頭鞋子紅編細裙窣金絲
無事嚬眉春思翻教阿母疑

柳枝

軟碧摇煙似送人映花時把翠蛾嚬青青自
是風流主慢颭金絲待洛神

瑟瑟羅裙金縷腰黛眉隈破未重描醉來咬損新花子拽住仙郎儘放嬌

鵲橋初就咽銀河今夜仙郎自姓和不是昔年攀桂樹豈能月裏索恒娥

漁父

白芷汀寒立鷺鷥蘋風輕剪浪花時烟冪冪日遲遲香引芙蓉惹釣絲

虞美人　顧太尉敻

曉鶯啼破相思夢簾卷金泥鳳宿粧猶在酒
初醒翠翹慵整倚雲屏轉娉婷　香檀細畫
侵桃臉羅袂輕輕斂佳期堪恨再難尋綠蕪
滿院柳成陰負春心
觸簾風送景陽鍾鴛被繡花重曉幃初卷冷
煙濃翠勻粉黛好儀容思嬌慵　起來無語
理朝粧寶匣鏡凝光綠荷相倚滿池塘露清
枕簟藕花香恨悠揚

翠屏閑掩垂珠箔絲雨籠池閣露粘紅藕咽
清香謝娘嬌極不成狂罷朝粧 小金鸂鶒
沉煙細膩襯堆雲髻淺眉微斂注檀輕舊懽
時有夢魂驚悔多情
碧梧桐映紗窗晚花謝鶯聲懶小屏屈曲掩
青山翠幃香粉玉爐寒兩蛾攢 顛狂年少
輕離別辜負春時節畫羅紅袂有啼痕魂銷
無語倚閨門欲黄昏

深閨春色勞思想恨共春蕪長黄鸝嬌囀詎
芳妍杏枝如畫倚輕煙瑣窻前　凭欄愁立
雙娥細柳影斜揺砌玉郎還是不還家教人
魂夢逐楊花繞天涯
少年艷質勝瓊英早晚别三清蓮冠穩篸鈿
箆横飄飄羅袖碧雲輕畫難成　遲遲少轉
腰身裊翠鬟眉心小靨壇風急杏枝香此時
恨不駕鸞凰訪劉郎

河傳

鷰颺晴景小窻屏暖鴛鴦交頸菱花掩却翠鬟欹慵整海棠簾外影　繡幃香斷金鸂鶒無消息心事空相憶倚東風春正濃愁紅淚痕衣上重

曲檻春晚碧流紋細緑楊絲軟露花鮮杏枝繁鶯囀野蕪平似剪　直是人間到天上堪遊賞醉眼疑屏障對池塘惜韶光斷腸爲花

須盡狂
棹舉舟去波光渺渺不知何處岸花汀草共
依依雨微鷓鴣相逐飛　天涯離恨江聲咽
啼猿切此意向誰說艤欄橈獨無憀魂銷小
鑪香欲焦

甘州子

一爐龍麝錦帷傍屏掩映燭熒煌禁樓刁斗
喜初長羅薦繡鴛鴦山枕上私語口脂香

每逢清夜與良晨多悵望足傷神雲迷水隔
意中人寂寞繡羅茵山枕上幾點淚痕新
曾如劉阮訪仙蹤深洞客此時逢綺筵散後
繡衾同款曲見韶容山枕上長是怯晨鍾
露桃花裏小樓深持玉盞聽瑤琴醉歸青瑣
入鴛衾月色照衣襟山枕上翠鈿鎮眉心
紅鑪深夜醉調笙敲拍處玉纖輕小屏古畫
岸低平煙月滿閑庭山枕上燈背臉波横

玉樓春

月照玉樓春漏促颯颯風摇庭砌竹夢驚鴛被覺來時何處管絃聲斷續　惆悵少年遊冶去枕上两蛾攢細緑曉鶯簾外語花枝背帳猶殘紅蠟燭

柳映玉樓春日晚雨細風輕煙草軟畫堂鸚鵡語雕籠金粉小屏猶半掩　香滅繡幃人寂寂倚檻無言愁思遠恨郎何處縱疎狂長

使含啼眉不展

月皎露華窻影細風送菊香粘繡袂博山爐冷水沉微惆悵金閨終日閉　懶展羅衾垂玉筋着對菱花簌寳髻良宵好事枉教休無計那他狂耍壻

拂水雙飛來去鷰曲檻小屏山六扇春愁凝思結眉心緑綺懶調紅錦薦　話別情多聲欲顫玉筋痕留紅粉靣鎮長獨立到黄昏却

怕良宵頻夢見

花間集卷第六

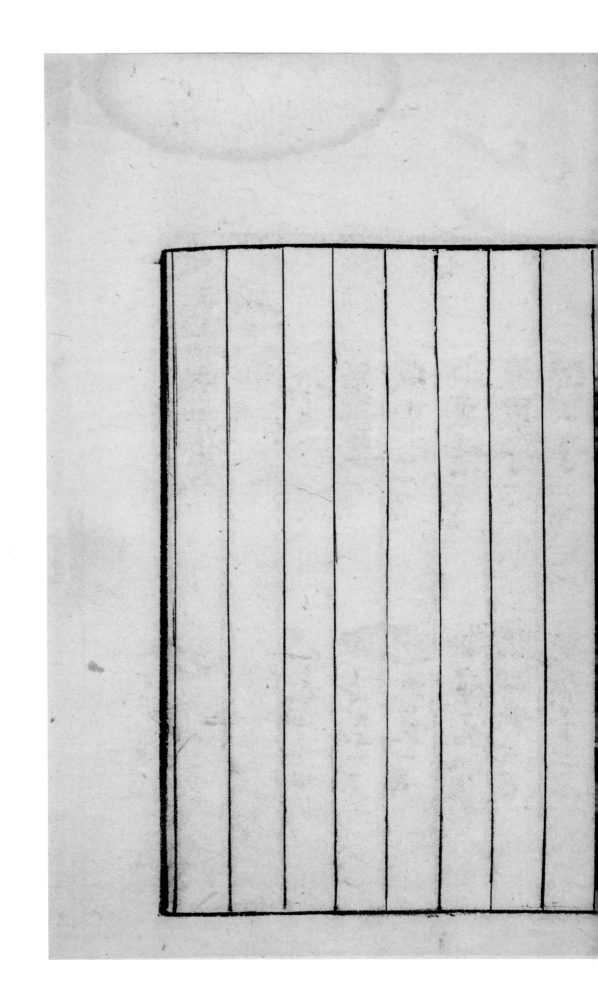

花間集卷第七

顧太尉 敻 三十七首

浣溪沙八首　酒泉子七首
楊柳枝一首　遐方怨一首
獻衷心一首　應天長一首
訴衷情二首　荷葉盃九首
漁歌子一首　臨江仙三首
醉公子二首　更漏子二首

孫少監 光憲十三首

浣溪沙九首 河傳四首

浣溪沙 顧太尉敻

春色迷人恨正賒可堪蕩子不還家細風輕露著梨花 簾外有情雙鷰颺檻前無力緑楊斜小屏狂夢極天涯

紅藕香寒翠渚平月籠虛閣夜蛩清塞鴻驚夢兩牽情 寶帳玉爐殘麝冷羅衣金縷暗

塵生小窻孤燭淚縱橫（舊前作天際鴻枕上夢兩牽情後作小窻深孤燭背淚縱橫）

荷芰風輕簾幕香繡衣鸂鶒泳迴塘小屏閑掩舊瀟湘　恨入空幃鸞影獨淚凝雙臉渚蓮光薄情年少悔思量

惆悵經年别謝娘月窻花院好風光此時相望最情傷　青鳥不來傳錦字瑤姬何處瑣蘭房忍教魂夢兩茫茫

庭菊飄黃玉露濃冷莎偎砌隱鳴蛩何期良

夜得相逢　背帳風摇紅蠟滴惹香暖夢繡
衾重覺來枕上怯晨鍾
雲澹風高葉亂飛小庭寒雨緑苔微深閨人
靜掩屏幃　粉黛暗愁金帶枕鴛鴦空繞畫
羅衣那堪辜負不思歸
鴈響遥天玉漏清小紗窻外月朧明翠幃金
鴨炷香平　何處不歸音信斷良宵空使夢
魂驚簟涼枕冷不勝情

露白蟾明又到秋佳期幽會兩悠悠夢牽情
役幾時休　記得訑人微斂黛無言斜倚小
書樓暗思前事不勝愁

酒泉子

楊柳舞風輕惹春煙殘雨杏花愁鶯正語畫
樓東　錦屏寂寞思無窮還是不知消息鏡
塵生珠淚滴損儀容
羅帶縷金蘭麝煙凝魂斷畫屏欹雲鬢亂恨

難任　幾迴垂淚滴鴛衾薄情何處去月臨
窻花滿樹信沉沉
小檻日斜風度緑窻人悄悄翠幃閑掩舞雙
鸞舊香寒　别來情緒轉難拚韶顏看却老
依俙粉上有啼痕暗銷魂
黛薄紅深約掠緑鬟雲膩小鴛鴦金翡翠稱
人心　錦鱗無處傳幽意海鷰蘭堂春又去
隔年書千點淚恨難任

掩卻菱花收拾翠鈿休上面金虫玉鷰瑣香
奩恨猒猒　雲鬟半墜懶重簪淚侵山枕濕
銀燈背帳夢方酣鴈飛南
水碧風清入檻細香紅藕膩謝娘斂翠恨無
涯小屏斜　堪憎蕩子不還家謾留羅帶結
帳深枕膩炷沉煙負當年
黛怨紅羞掩映畫堂春欲暮殘花微雨隔青
樓思悠悠　芳菲時節看將度寂寞無人還

獨語晝羅襦香粉汚不勝愁

楊柳枝

秋夜香閨思寂寥漏迢迢鴛幃羅幌麝煙銷燭光摇

正憶玉郎遊蕩去無尋處更聞簾外雨蕭蕭滴芭蕉

遐方怨

簾影細簟紋平象紗籠玉指縷金羅扇輕嫩紅雙臉似花明兩條眉黛遠山橫 鳳簫歇

鏡塵生遼塞音書絕夢魂長暗繞玉郎經歲

負嫿婷教人爭不恨無情

　　獻衷心

繡鴛鴦帳暖畫孔雀屏欹人悄悄月明時想

昔年懽笑恨今日分離銀釭背銅漏永阻佳

期　小鑪煙細虛閣簾垂幾多心事暗地思

惟被嬌娥牽役魂夢如癡金閨裏山枕上始

應知

應天長

瑟瑟羅裙金線縷輕透鵝黃香畫袴垂交帶
盤鸚鵡裊　翠翹移玉步　背人勻檀注慢轉
橫波偷覷斂黛春情暗許倚屏慵不語

訴衷情

香滅簾垂春漏永整鴛衾羅帶重雙鳳縷黃
金窗外月光臨沉沉斷腸無處尋負春心
永夜拋人何處去絕來音香閣掩眉斂月將

沉爭忍不相尋怨孤衾換我心爲你心始知
相憶深

荷葉盃

春盡小庭花落寂寞凭檻斂雙眉忍教成病
憶佳期知摩知知摩知
歌發誰家筵上寥亮別恨正悠悠蘭釭背帳
月當樓愁摩愁愁摩愁
弱柳好花盡拆晴陌陌上少年郎滿身蘭麝

撲人香狂摩狂狂摩狂
記得那時相見膽顫鬢亂四肢柔泥人無語
不擡頭羞摩羞羞羞摩羞
夜久歌聲怨咽殘月菊冷露微微看看濕透
縷金衣歸摩歸歸摩歸
我憶君詩最苦知否字字盡關心紅牋寫寄
表情深吟摩吟吟摩吟
金鴨香濃鴛鴦被枕膩小髻簇花鈿腰如細柳

臉如蓮憐㦖憐㦖憐
曲砌蝶飛煙暖春半花發柳垂條花如雙臉
柳如腰嬌㦖嬌㦖嬌
一去又乖期信春盡滿院長莓苔手撚裙帶
獨徘徊來㦖來來㦖來

漁歌子

曉風清幽沼綠倚欄凝望珎禽浴畫簾垂翠
屏曲滿袖荷香馥郁　好攄懷堪寓目身閑

心靜平生足酒一盃深光影促名利無心較逐

臨江仙

碧染長空池似鏡倚樓閑望凝情滿衣紅藕細香清象床珎簟山障掩玉琴横　暗想昔時歡笑事如今羸得愁生博山鑪暖澹煙輕蟬吟人靜殘日傍小窻明

幽閨小檻春光晚柳濃花澹鶯稀舊歡思想尚依依翠顰紅斂終日損芳菲　何事狂夫

音信斷不如梁鷰猶歸畫堂深處麝煙微屏
虛枕冷風細雨霏霏
月色穿簾風入竹倚屏雙黛愁時砌花含露
兩三枝如啼恨臉魂斷損容儀　香燼暗銷
金鴨冷可堪辜負前期繡襦不整鬢鬟欹幾
多惆悵情緒在天涯

醉公子

漠漠秋雲澹紅藕香侵檻枕倚小山屏金鋪

向晚扃　睡起橫波慢獨望情何限衰柳數
聲蟬魂銷似去年
岸柳垂金線雨晴鶯百囀家住緑楊邊往來
多少年　馬嘶芳草遠高樓簾半捲斂袖翠
蛾攢相逢尔許難

更漏子

舊歡娛新悵望擁鼻含嚬樓上濃柳翠晚霞
微江鷗接翼飛　簾半捲屏斜掩遠岫參差

迷眼歌滿耳酒盈罇前非不要論

浣溪沙　孫少監光憲

蓼岸風多橘柚香江邊一望楚天長片帆煙際閃孤光　目送征鴻飛杳杳思隨流水去茫茫蘭紅波碧憶瀟湘

桃杏風香簾幕閑謝家門戶約花關畫梁幽語鷰初還　繡閣數行題了壁曉屏一枕酒醒山却疑身是夢魂閒　幽語一本作雙語

花漸凋疎不耐風畫簾垂地晚堂空墮堦縈
蘚舞愁紅　膩粉半粘金靨子殘香猶暖繡
薰籠蕙心無處與人同
攬鏡無言淚欲流凝情半日懶梳頭一庭疎
雨濕春愁　楊柳秖知傷怨別杏花應信損
嬌羞淚沾魂斷軫離憂
半踏長裾宛約行晚簾疎處見分明此時堪
恨昧平生　早是銷魂殘燭影更愁聞著品

絃聲香無消息若爲情
蘭沐初休曲檻前暖風遲日洗頭天濕雲新
斂未梳蟬　翠袂半將遮粉臆寶釵長欲墜
香肩此時摸樣不禁憐
風遞殘香出繡簾團窠金鳳舞襜襜落花微
雨恨相兼　何處去來狂太甚空推宿酒睡
無猒爭教人不别猜嫌
輕打銀箏墜鷰泥斷絲高罥畫樓西花冠閑

上午墻啼　粉籜半開新竹逕紅苞盡落舊
桃蹊不堪終日閉深閨
烏帽斜欹倒佩魚靜街偷步訪仙居隔墻應
認打門初　將見客時微掩斂得人憐處且
生疎低頭羞問壁邊書

河傳

太平天子等閑遊戲疏河千里柳如絲隈倚
淥波春水長淮風不起　如花殿脚三千女

爭雲雨何處留人住錦帆風煙際紅燒空魂
迷大業中
柳拖金縷着煙籠霧濛濛落絮鳳皇舟上楚
女妙舞雷喧波上鼓　龍爭虎戰分中土人
無主桃葉江南渡襞花牋艷思牽成篇宮娥
相與傳
花落煙薄謝家池閣寂寞春深翠娥輕斂意
沉吟沾襟無人知此心　玉鑪香斷霜灰冷

簾鋪影梁鷰歸紅杏晚來天空悄然孤眠枕檀雲髻偏

風颭波斂團荷閃閃珠傾露點木蘭舟上何處吴娃越艶藕花紅照臉　大堤狂殺襄陽客煙波隔渺渺湖光白身已歸心不歸斜暉遠汀鸂鶒飛

花間集卷第七

花間集卷第八　四十九首

孫少監 光憲 四十七首

菩薩蠻 五首　河瀆神 二首
虞美人 二首　後庭花 二首
生查子 三首　臨江仙 二首
酒泉子 三首　清平樂 二首
更漏子 二首　女冠子 一首
風流子 三首　定西番 二首

河滿子一首　玉胡蝶一首
八拍蠻一首　竹枝一首
思帝鄉一首　上行盃二首
謁金門一首　思越人二首
楊柳枝四首　望梅花一首
漁歌子二首

魏太尉承班二首

菩薩蠻二首

菩薩蠻　孫少監光憲

月華如水籠香砌金鐶碎撼門初閉寒影墮
高簷鈎垂一面簾　碧煙輕裊裊紅顫燈花
笑即此是高唐掩屏秋夢長

花冠頻鼓墻頭翼東方澹白連窻色門外早
鶯聲背樓殘月明　薄寒籠醉態依舊鉛華
在握手送人歸半拖金縷衣

小庭花落無人掃踈香滿地東風老春晚信

沉沉天涯何處尋　曉堂屏六扇眉共湘山
遠爭柰别離心近來尤不禁
青巖碧洞經朝雨隔花相喚南溪去一隻木
蘭舩波平遠浸天　扣舷驚翡翠嫩玉擡香
臂紅日欲沉西煙中遙解攜
木綿花映叢祠小越禽聲裏春光曉銅鼓與
蠻歌南人祈賽多　客帆風正急茜袖偎檣
立極浦幾回頭煙波無限愁

河瀆神

汾水碧依依黄雲落葉初飛翠華一去不言歸廟門空掩斜暉　四壁陰森排古畫依舊瓊輪羽駕小殿沉沉清夜銀燈飄落香灺

江上草芊芊春晚湘妃廟前一方卯作卯卯古柳字作泖泖水名色楚南天數行征鴈聯翩　獨倚朱欄情不極魂斷終朝相憶兩槳不知消息遠汀時起鸂鶒

虞美人

紅窻寂寂無人語暗澹梨花雨繡羅紋地粉
新描博山香炷旋抽條暗魂銷 天涯一去
無消息終日長相憶教人相憶幾時休不堪
悵觸別離愁淚還流
好風微揭簾旌起金翼鸞相倚翠簷愁聽乳
禽聲此時春態暗關情獨難平 畫堂流水
空相翳一穗香遙曳交人無處寄相思落花
芳草過前期没人知

後庭花

景陽鍾動宮鶯囀露凉金殿輕飈吹起瓊花旋玉葉如剪　晚來高閣上珠簾卷見墜香千片脩蛾慢臉陪雕輦後庭新宴（輕飈一作鮮飈）

石城依舊空江國故宮春色七尺青絲芳草綠絕世難得　玉英凋落盡更何人識野棠如織只是教人添怨憶悵望無極

生查子

寂寞掩朱門正是天將暮暗澹小庭中滴滴
梧桐雨　繡工夫牽心緒配盡鴛鴦縷待得
沒人時偎倚論私語
暖日策花驄嚲鞚垂楊陌芳草惹煙青落絮
隨風白　誰家繡轂動香塵隱映神仙客狂
殺玉鞭郎咫尺音容隔
金井墮高梧玉殿籠斜月永巷寂無人斂態
愁堪絶　玉爐寒香燼滅還似君恩歇翠輦

不歸來幽恨將誰說

臨江仙

霜拍井梧乾葉墮翠幃雕檻初寒薄鈆殘黛稱花冠含情無語延佇倚欄干　杳杳征輪何處去離愁別恨千般不堪心緒正多端鏡奩長掩無意對孤鸞

暮雨凄凄深院閉燈前凝坐初更玉釵低壓鬢雲橫半垂羅幕相映燭光明　終是有心

投漢珮低頭但理秦箏鸞雙鸞耦不勝情只
愁明發將逐楚雲行

酒泉子

空磧無邊萬里陽關道路馬蕭蕭人去去隴
雲愁　香貂舊製戎衣窄胡霜千里白綺羅
心魂夢隔上高樓

曲檻小樓正是鶯花二月思無憀愁欲絕鬱
離襟　展屏空對瀟湘水眼前千萬里淚淹

紅眉斂翠恨沉沉
斂態窻前裊裊雀釵抛頸鷰成雙鸞對影耦
新知　玉纖澹拂眉山小鏡中嗔共照翠連
娟紅縹緲早粧時

清平樂

愁腸欲斷正是青春半連理分枝鸞失伴又
是一塲離散　掩鏡無語眉低思隨芳草萋
萋憑仗東風吹夢與郎終日東西

等閑無語春恨如何去終是疎狂留不住花
暗柳濃何處　盡日目斷魂飛晚窻斜界殘
暉長恨朱門薄暮繡鞍驄馬空歸

更漏子

聽寒更聞遠鴈半夜蕭娘深院扃繡戶下珠
簾滿庭噴玉蟾　人語靜香閨冷紅幕半垂
清影雲雨態蕙蘭心此情江海深
今夜期來日別相對秖堪愁絕偎粉面撚搖

簪無言淚滿襟　銀箭落霜華薄墻外曉鷄咿喔聽付囑惡情悰斷腸西復東

女冠子

蕙風芝露壇際殘香輕度蘂珠宮苔點分圓碧桃花踐破紅　品流巫峽外名籍紫微中真侶墉城會夢魂通

澹花瘦玉依約神仙粧束佩瓊文瑞露通宵貯幽香盡日焚　碧煙籠絳節黃藕冠濃雲

勿以吹簫伴不同羣

風流子

茅舍槿籬溪曲鷄犬自南自北菰葉長水葓開門外春波漲淥聽織聲促軋軋鳴梭穿屋

樓倚長衢欲暮瞥見神仙伴侣微傅粉攏梳頭隱映畫簾開處無語無緒慢曳羅裙歸去

金絡玉銜嘶馬繫向緑楊陰下朱戶掩繡簾垂曲院水流花榭歡罷歸也猶在九衢深夜

定西番

雞禄山前遊騎邊草白朔天明馬嗁輕　鵲面弓離短韔彎來月欲成一隻鳴髇雲外曉鴻驚

帝子枕前秋夜霜幄冷月華明正三更　何處戍樓寒笛夢殘聞一聲遙想漢關萬里淚縱橫

河滿子

冠劒不隨君去江河還共恩深歌袖半遮眉
黛慘淚珠旋滴衣襟惆悵雲愁雨怨斷魂何
處相尋

玉胡蝶

春欲盡景仍長滿園花正黃粉翅兩悠颺翩
翩過短墻　鮮飈暖牽遊伴飛去立殘芳無
語對蕭娘舞衫沉麝香

八拍蠻

孔雀尾拖金線長，怕人飛起入丁香。越女沙頭爭拾翠，相呼歸去背斜陽。

竹枝

門前春水竹枝白蘋花女兒岸上無人竹枝小艇斜女兒商女經過竹枝江欲暮女兒散拋殘食竹枝飼神鴉女兒

亂繩千結竹枝絆人深女兒越羅萬丈竹枝表長尋女兒楊柳在身竹枝垂意緒女兒藕花落盡竹枝見蓮心女兒

思帝鄉

如何遺情情更多永日水堂簾下斂羞蛾六
幅羅裙窣地微行曳碧波看盡滿池踈雨打
團荷

上行盃

草草離亭鞍馬從遠道此地分衿燕宋秦吳
千萬里　無辭一醉野棠開江草濕佇立沾
泣征騎駸駸

離棹逡巡欲動臨極浦故人相送去住心情

知不共　金船滿捧綺羅愁絲管咽迴別帆
影滅江浪如雪

調金門

留不得留得也應無益白紵春衫如雪色揚
州初去日　輕別離甘拋擲江上滿帆風疾
却羨彩鴛三十六孤鸞還一隻

思越人

古臺平芳草遠館娃宮外春深翠黛空留千

載恨教人何處相尋　綺羅無復當時事露花點滴香淚惆悵遥天橫淥水鴛鴦對對飛起

渚蓮枯宫樹老長洲廢苑蕭條想像玉人空處所月明獨上溪橋　經春初敗秋風起紅蘭緑蕙愁死一片風流傷心地魂銷目斷西子

楊柳枝

閶門風暖落花乾飛遍江城雪不寒獨有晚
來臨水驛閑人多凭赤欄干
有池有榭即濛濛浸潤飜成長養功恰似有
人長點檢着行排立向春風
根柢雖然傍濁河無妨終日近笙歌騄騄金
帶誰堪比還共黃鶯不校多
萬株枯槁怨亡隋似弔吴臺各自垂好是淮
陰明月裏酒樓橫笛不勝吹

望梅花

數枝開與短墻平見雪蕚紅跗相映引起誰

人邊塞情　簾外欲三更吹斷離愁月正明

空聽隔江聲

漁歌子

草芊芊波漾漾湖邊草色連波漲沿蓼岸泊

楓汀天際玉輪初上　扣舷歌聯極望槳聲

伊軋知何向黃鵠叫白鷗眠誰似儂家疎曠

泛流螢明又滅夜涼水冷東灣闊風浩浩笛
寥寥萬傾金波澄澈　杜若洲香郁烈一聲
宿鴈霜時節經霅水過松江盡屬儂家日月

菩薩蠻　魏太尉 承斑

羅裾薄薄秋波染眉間畫時山兩點相見綺
筵時深情暗共知　翠翹雲鬢動斂態彈金
鳳宴罷入蘭房邀人解珮璫
羅衣隱約金泥畫玳筵一曲當秋夜聲泛覷

人嬌雲鬟裊翠翹　酒醺紅玉軟眉翠秋山
遠繡幌麝煙沉誰人知兩心

花間集卷第八

花間集卷第九　四十九首

魏太尉承班　十三首
滿宮花一首　木蘭花一首
玉樓春二首　訴衷情五首
生查子二首　黃鍾樂一首
漁歌子一首
鹿太保虔扆　六首
臨江仙二首　女冠子二首

思越人一首　虞美人一首
閻處士選八首
虞美人二首　臨江仙二首
浣溪沙一首　八拍蠻二首
河傳一首
尹參卿鶚六首
臨江仙二首　滿宮花一首
杏園芳一首　醉公子一首

菩薩蠻一首

毛祕書熙震十六首

浣溪沙七首　臨江仙二首

更漏子二首　女冠子二首

清平樂一首　南歌子二首

滿宮花　魏太尉承斑

雪霏霏風凜凜玉郎何處狂飲醉時想得縱

風流羅帳香幃鴛寢　春朝秋夜思君甚愁

見繡屏孤枕少年何事負初心淚滴縷金雙袵

木蘭花

小芙蓉香旖旎碧玉堂深清似水閉寶匣掩金鋪倚屏拖袖愁如醉　遲遲好景煙花媚曲渚鴛鴦眠錦翅凝然愁望靜相思一雙笑靨嚬香蘂

玉樓春

寂寂畫堂梁上鶯高卷翠簾橫數扇一庭春色惱人來滿地落花紅幾片　愁倚錦屏低雪面淚滴繡羅金縷線好天涼月盡傷心爲是王郎長不見

輕斂翠蛾呈皓齒鶯囀一枝花影裏聲聲清逈遏行雲寂寂畫梁塵暗起　玉斝滿斟情未已促坐王孫公子醉春風筵上貫珠勻艷色韶顔嬌旎旖

許衷情

高歌宴罷月初盈詩情引恨情煙露冷水流輕思想夢難成　羅帳裊香平恨頻生思君無計睡還醒隔層城

春深花簇小樓臺風飄錦繡開新睡覺步香堦山枕印紅腮　鬢亂墜金釵語檀偎臨行執手重重囑幾千迴

銀漢雲晴玉漏長蛩聲悄畫堂筠簟冷碧窻

涼紅蠵淚飄香　皓月瀉寒光割人腸那堪
獨自步池塘對鴛鴦
金風輕透碧窻紗銀釭焰影斜欹枕卧恨何
賒山掩小屏霞　雲雨别吴娃想容華夢成
幾度遶天涯到君家
春情滿眼臉紅銷嬌妬索人饒星靨小玉璫
搖幾共醉春朝　别後憶纖腰夢魂勞如今
風葉又蕭蕭恨迢迢

生查子

煙雨晚晴天零落花無語難話此時心梁鷰雙來去　琴韻對薰風有恨和情撫腸斷斷絃頻淚滴黃金縷
寂寞畫堂空深夜垂羅幕燈暗錦屏欹月冷珠簾薄　愁恨夢難成何處貪歡樂看看又春來還是長蕭索

黃鍾樂

池塘煙暖草萋萋惆悵閑宵含恨愁坐思堪
迷遙想玉人情事遠音容渾似隔桃溪　偏
記同歡秋月低簾外論心花畔和醉暗相携
何事春來君不見夢魂長在錦江西

漁歌子

柳如眉雲似髮蛟綃霧縠籠香雪夢魂驚鍾
漏歇窻外曉鶯殘月　幾多情無處說落花
飛絮清明節少年郎容易別一去音書斷絕

臨江仙　鹿太保虔扆

金鎖重門荒苑靜綺戀愁對秋空翠華一去
寂無蹤玉樓歌吹聲斷已隨風　煙月不知
人事改夜闌還照深宮藕花相向野塘中暗
傷亡國清露泣香紅

無賴曉鶯驚夢斷起來殘酒初醒映窻絲柳
裊煙青翠簾慵卷約砌杏花零　一自玉郎
遊冶去蓮凋月懺儀形暮天微雨灑閑庭手

撥裙帶無語倚雲屏

女冠子

鳳樓琪樹惆悵劉郎一去正春深洞裏愁空
結人間信莫尋　竹疎齋殿迥松密醮壇陰
倚雲低首望可知心
步虛壇上絳節霓旌相向引真仙玉珮搖蟾
影金爐裊麝煙　露濃霜簡濕風緊羽衣偏
欲留難得住却歸天

思越人

翠屏欹銀燭背漏殘清夜迢迢雙帶繡窠盤錦薦淚侵花暗香銷　珊瑚枕膩鴉鬟亂玉纖慵整雲散苦是適來新夢見離腸爭不千斷

虞美人

卷荷香澹浮煙渚綠嫩擎新雨鏁窗踈透曉風清象床珍簟冷光輕水紋平　九疑黛色屏斜掩枕上眉心斂不堪相望病將成鈿昬

檀粉淚蹤橫不勝情

虞美人　　閻處士選

粉融紅膩蓮房綻臉動雙波慢小魚銜玉鬢釵橫石榴裙染象紗輕轉娉婷　偷期錦浪荷深處一夢雲兼雨臂留檀印齒痕香深秋不寐漏初長盡思量 盡一作儘

楚腰蠐領團香玉鬢疊深深綠月娥星眼笑微顰柳夭桃艷不勝春晚粧勻　水紋簟映

青紗帳霧罩秋波上一枝嬌臥醉芙蓉良宵不得與君同恨忡忡笑微顰一作笑和顰

臨江仙

雨停荷芰逗濃香岸邊蟬噪垂楊物華空有舊池塘不逢仙子何處夢襄王　珍簟對欹鴛枕冷此來塵暗凄涼欲憑危檻恨偏長藕花珠綴猶似汗凝粧

十二高峯天外寒竹梢輕拂仙壇寶衣行雨

在雲端畫簾深殿香霧冷風殘　欲問楚王
何處去翠屏猶掩金鸞猿啼明月照空灘孤
舟行客驚夢亦艱難

浣沙溪

寂寞流蘇冷繡茵倚屏山枕惹香塵小庭花
露泣濃春　劉阮信非仙洞客常娥終是月
中人此生無路訪東鄰

八拍蠻

雲瑣嫩黃煙柳細風吹紅蔕雪梅殘光影不勝閨閤恨行行坐坐黛眉攢

愁瑣黛眉煙易慘淚飄紅臉粉難勻憔悴不知緣底事遇人推道不宜春

河傳

秋雨秋雨無晝無夜滴滴霏霏暗燈涼簟怨分離妖姬不勝悲　西風稍急喧窻竹停又續膩臉懸雙玉幾迴邀約鴈來時違期鴈歸

人不歸

臨江仙

一番荷芰生舊沼檻前風送馨香昔年於此伴蕭娘相偎佇立牽惹敘衷腸　時逞笑容無限態還如菡萏爭芳別來虛遣思悠颺慵窺往事金鏁小蘭房

深秋寒夜銀河靜月明深院中庭西窻鄉夢等閑成逡巡覺後特地恨難平　紅燭半消

殘焰短依俙暗背銀屏枕前何事最傷情梧
桐葉上點點露珠零

滿宫花

月沉沉人悄悄一炷後庭香裊風流帝子不
歸來滿地禁花慵掃　離恨多相見少何處
醉迷三島漏清宫樹子規啼愁鎖碧窻春曉

杏園芳

嚴粧嫩臉花明交人見了關情含羞舉步越

羅輕稱娉婷　終朝咫尺窺香閣迢遥似隔
層城何時休遣夢相縈入雲屏

醉公子

暮煙籠蘚砌戟門猶未閉盡日醉尋春歸來
月滿身　離鞍偎繡袂墜巾花亂綴何處惱
佳人檀痕衣上新

菩薩蠻

隴雲暗合秋天白俯窻獨坐窺煙陌樓際角

重吹黄昬方醉歸　荒唐難共語明日還應
去上馬出門時金鞭莫與伊

浣沙溪　毛祕書熙震

春暮黄鶯下砌前水精簾影露珠懸綺霞低
映晚晴天　弱柳萬條垂翠帶殘紅滿地碎
香鈿蕙風飄蕩散輕煙
花榭香紅煙景迷滿庭芳草緑萋萋金鋪閑
掩繡簾低　紫鷰一雙嬌語碎翠屏十二晚

峯齊夢魂銷散醉空閨
晚起紅房醉欲銷綠鬟雲散裊金翹雪香花
語不勝嬌　好是向人柔弱處玉纖時急繡
裙腰春心牽惹轉無憀
一隻橫釵墜髻叢靜眠珍簟起來慵繡羅紅
嫩抹蘇胸　羞斂細蛾魂暗斷困迷無語思
猶濃小屏香靄碧山重
雲薄羅裙綬帶長滿身新裛瑞龍香翠鈿斜

映艷梅粧　佯不覷人空婉約笑和嬌語太
猖狂忍教牽恨暗形相　裙一作裾
碧玉冠輕裊鷰釵捧心無語步香堦緩移弓
底繡羅鞋　暗想歡娛何計好豈堪期約有
時乖日高深院正忘懷
半醉凝情卧繡茵睡容無力卸羅裙玉籠鸚
鵡猒聽聞　慵整落釵金翡翠象梳欹鬢月
生雲錦屛綃幌麝煙薰

臨江仙

南齊天子寵嬋娟六宮羅綺三千潘妃嬌艷獨芳妍椒房蘭洞雲雨降神仙　縱態迷歡心不足風流可惜當年纖腰婉約步金蓮妖君傾國猶自至今傳

幽閨欲曙聞鶯囀紅窻月影微明好風頻謝落花聲隔幃殘燭猶照綺屏箏　繡被錦茵眠玉暖炷香斜裊煙輕澹蛾羞斂不勝情暗

思閑夢何處逐雲行

更漏子

秋色清河影澹濘戶燭寒光暗綃幌碧錦衾紅博山香炷融　更漏咽蛩鳴切滿院霜華如雪新月上薄雲收映簾懸玉鈎

煙月寒秋夜靜漏轉金壺初永羅幕下繡屏空燈花結碎紅　人悄悄愁無了思夢不成難曉長憶得與郎期竊香私語時

女冠子

碧桃紅杏遟日媚籠光影綵霞深香暖薰鶯
語風清引鶴音　翠鬟冠玉葉霓袖捧瑤琴
應共吹蕭侶暗相尋
脩蛾慢臉不語檀心一點小山糚蟬鬢低含
緑羅衣澹拂黃　悶來深院裏閑步落花傍
纖手輕輕整玉鑪香

清平樂

春光欲暮寂寞閑庭户粉蝶雙雙穿檻舞簾卷晚天踈雨　含愁獨倚閨幃玉鑪煙斷香微正是銷魂時節東風滿樹花飛

南歌子

遠山愁黛碧橫波慢臉明膩香紅玉茜羅輕深院晚堂人靜理銀箏　鬢動行雲影裙遮點屐聲嬌羞愛問曲中名楊柳杏花時節幾多情

惹恨還添恨牽腸即斷腸凝情不語一枝芳
獨映畫簾閑立繡衣香　暗想爲雲女應憐
傅粉郎晚來輕步出閨房髻慢釵橫無力縱
猖狂

花間集卷第九

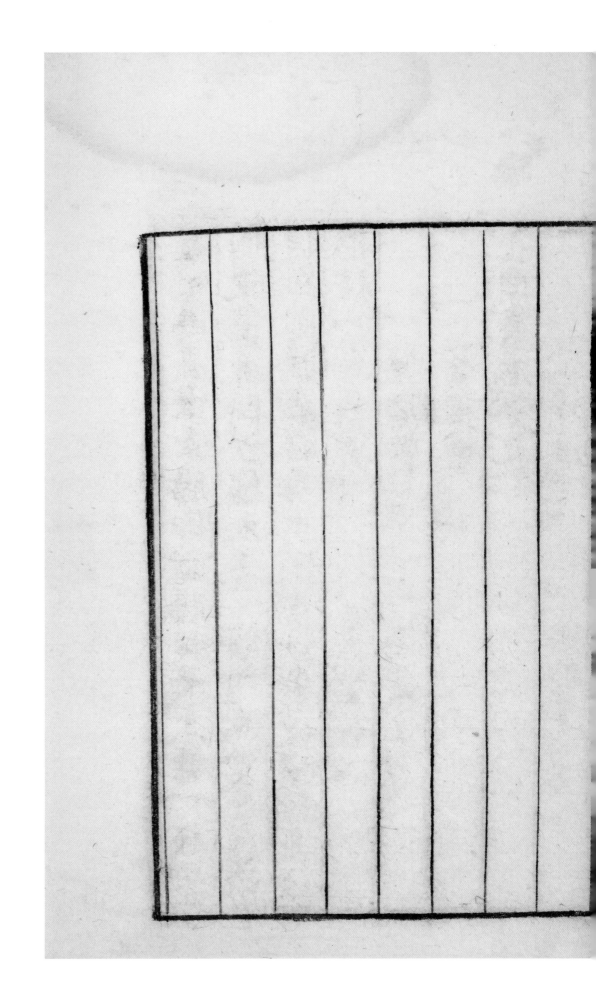

花間集卷第十　　五十首

毛祕書 熙震 十三首

河滿子 二首　　小重山 一首

定西番 一首　　木蘭花 一首

後庭花 三首　　酒泉子 二首

菩薩蠻 三首

李秀才 珣 三十七首

浣溪沙 四首　　漁歌子 四首

巫山一段雲二首　臨江仙二首
南鄉子十首　女冠子二首
酒泉子四首　望遠行二首
菩薩蠻三首　西溪子一首
虞美人一首　河傳二首

河滿子　毛秘書熙震

寂寞芳菲暗度，歲華如箭堪驚。緬想舊歡多少事，轉添春思難平。曲檻絲垂金柳，小窗絃

斷銀箏　深院空聞鶯語滿園閑落花輕一
片相思休不得忍教長日愁生誰見夕陽孤
夢覺來無限傷情
無語殘粧澹薄含羞嚲袂輕盈幾度香閨眠
過曉綺窻踈日微明雲母帳中偷惜水精枕
上初驚　笑靨嫩疑花拆愁眉翠斂山橫相
望只教添悵恨整鬟時見纖瓊獨倚朱扉閑
立誰知別有深情

小重山

梁鷰雙飛畫閣前寂寥多少恨懶孤眠暗來
閑處想君憐紅羅帳金鴨冷沉煙　誰信損
嬋娟倚屏啼玉筯濕香鈿四支無力上鞦韆
羣花謝愁對艶陽天

定西番

蒼翠濃陰滿院鶯對語蝶交飛戲薔薇　斜
日倚欄風好餘香出繡衣未得玉郎消息幾

時歸

木蘭花

掩朱扉鈎翠箔滿院鶯聲春寂寞匀粉淚恨檀郎一去不歸花又落　對斜暉臨小閣前事豈堪重想着金帶冷畫屏幽寶帳慵薰蘭麝薄

後庭花

鶯啼鷰語芳菲節瑞庭花發昔時懽宴歌聲

揭管絃清越　自從陵谷追遊歇畫梁塵黦
傷心一片如珪月閑鏁宮闕
輕盈舞妓含芳艷競粧新臉步摇珠翠脩蛾
斂膩鬟雲染　歌聲慢發開檀點繡衫斜掩
時將纖手匀紅臉笑拈金靨
越羅小袖新香蒨薄籠金釧倚欄無語摇輕
扇半遮匀靣　春殘日暖鶯嬌懶滿庭花片
爭不教人長相見畫堂深院

酒泉子

閑卧繡幃慵想萬般情寵錦檀偏翹股重翠
雲欹　暮天屏上春山碧映香煙霧隔蕙蘭
心魂夢役斂蛾眉

鈿匣舞鸞隱映艷紅脩碧月梳斜雲鬟膩粉
香寒　曉花微斂輕呵展裊釵金鷰軟日初
昇簾半捲對殘粧

菩薩蠻

梨花滿院飄香雪高樓夜靜風筝咽斜月照
簾帷憶君和夢稀　小窻燈影背鷰語驚愁
態屏掩斷香飛行雲山外歸
繡簾高軸臨塘看雨飜荷芰真珠散殘暑晚
初涼輕風渡水香　無憀悲往事爭那牽情
思光影暗相催等閑秋又來
天含殘碧融春色五陵薄幸無消息盡日掩
朱門離愁暗斷魂　鶯啼芳樹暖鷰拂迴塘

滿寂寞對屏山相思醉夢間

浣沙溪　李秀才 珣

入夏偏宜澹薄粧越羅衣健鬱金黃翠鈿檀注助容光　相見無言還有恨幾迴拚却又思量月窻香逕夢悠颺

晚出閑庭看海棠風流學得內家粧小釵橫戴一枝芳　鏤玉梳斜雲鬢膩縷金衣透雪肌香暗思何事立殘陽

訪舊傷離欲斷魂無因重見玉樓人六街微雨鏤香塵　早爲不逢巫峽夢那堪虚度錦江春遇花傾酒莫辭頻

紅藕花香到檻頻可堪閑憶似花人舊歡如夢絶音塵　翠疊畫屏山隱隱冷鋪紋簟水潾潾斷魂何處一蟬新

漁歌子

楚山青湘水淥春風澹蕩看不足草芊芊花

簇簇漁艇棹歌相續　信浮沉無管束釣迴乗
月歸灣曲酒盈罇雲滿屋不見人間榮辱
荻花秋瀟湘夜橘洲佳景如屏畫碧煙中明月
下小艇垂綸初罷　水爲鄉蓬作舍魚羹稻
飰常飡也酒盈杯書滿架名利不將心挂
柳垂絲花滿樹鶯啼楚岸春天暮棹輕舟出
深浦緩唱漁歌歸去　罷垂綸還酌醑孤村遥
指雲遮處下長汀臨淺渡驚起一行沙鷺

九疑山三湘水蘆花時節秋風起水雲間山
月裏棹月穿雲遊戲　鼓清琴傾淥蟻扁舟自
得逍遥志任東西無定止不議人間醒醉

巫山一段雲

有客經巫峽停橈向水湄楚王曾此夢瑶姬
一夢杳無期　塵暗珠簾卷香銷翠幄垂西
風迴首不勝悲暮雨灑空祠
古廟依青嶂行宫枕碧流水聲山色鎖粧樓

往事思悠悠　雲雨朝還暮煙花春復秋啼
猿何必近孤舟行客自多愁

臨江仙

簾捲池心小閣虛暫涼閑步徐徐芰荷經雨
半凋踈拂堤垂柳蟬噪夕陽餘　不語低鬟
幽思遠玉釵斜墜雙魚幾迴偷看寄來書離
情別恨相隔欲何如
鶯報簾前暖日紅玉鑪殘麝猶濃起來閨思

尚踈慵別愁春夢誰解此情悰　强整嬌姿臨寶鏡小池一朶芙蓉舊歡無處再尋蹤更堪迴顧屏畫九疑峯

南鄉子

煙漠漠雨凄凄岸花零落鷓鴣啼遠客扁舟臨野渡思鄉處潮退水平春色暮

蘭棹舉水紋開競携藤籠採蓮來迴塘深處遥相見邀同宴淥酒一巵紅上面

歸路近扣舷歌採真珠處水風多曲岸小橋
山月過煙深鏁荳蔻花垂千萬朵
乘綵舫過蓮塘棹歌驚起睡鴛鴦游女帶香
偎伴笑爭窈窕競折團荷遮晚照
傾淥蟻泛紅螺閒邀女伴簇笙歌避暑信船
輕浪裏　遊戲夾岸荔枝紅蘸水
雲帶雨浪迎風釣翁迴棹碧灣中春酒香熟
鱸魚美誰同醉纜却扁舟篷底睡

沙月靜水煙輕芰荷香裏夜船行綠鬟紅臉
誰家女遥相顧緩唱棹歌極浦去
漁市散渡船稀越南雲樹望中微行客待潮
天欲暮送春浦愁聽猩猩啼瘴雨
攏雲髻背犀梳焦紅衫映綠羅裾越王臺下
春風暖花盈岸遊賞每邀隣女伴
相見處晚晴天刺桐花下越臺前暗裏迴眸
深屬意遺雙翠騎象背人先過水

女冠子

星高月午丹桂青松深處醮壇開金磬敲清露珠幢立翠苔　步虛聲縹緲想像思徘徊曉天歸去路指蓬萊

春山夜靜愁聞洞天疎磬玉堂虛細霧垂珠珮輕煙曳翠裾　對花情脉脉望月步徐徐劉阮今何處絕來書

酒泉子

寂寞青樓風觸繡簾珠碎撼月朦朧花暗澹
鏁春愁　尋思往事依俙夢淚臉露桃紅色
重鬢欹蟬釵墜鳳思悠悠
雨漬花零紅散香凋池兩岸別情遙春歌斷
掩銀屏　孤帆早晚離三楚閑理鈿箏愁幾
許曲中情絃上語不堪聽
秋雨聯綿聲散敗荷叢裏那堪深夜枕前聽
酒初醒　牽愁惹思更無停燭暗香凝天欲

曉細和煙冷和雨透簾中

秋月嬋娟皎潔碧紗窗外照花穿竹冷沉沉印池心　凝露滴砌蛩吟驚覺謝娘殘夢夜深斜傍枕前來影徘徊

望遠行

春日遲遲思寂寥行客關山路遥瓊窗時聽語鶯嬌柳絲牽恨一條條　休暈繡罷吹簫皃逐殘花暗凋同心猶結舊裙腰忍辜風月

度良宵

露滴幽庭落葉時愁聚蕭娘柳眉玉郎一去

負佳期水雲迢遞鴈書遲　屏半掩枕斜欹

蠟淚無言對垂吟蛩斷續漏頻移入窻明月

鑒空帷

菩薩蠻

廻塘風起波紋細刺桐花裏門斜閉殘日照

平蕪雙雙飛鷓鴣　征帆何處客相見還相

𨻶不語欲䰟銷望中煙水遥
等閑將度三春景簾垂碧砌參差影曲檻日
初斜杜鵑啼落花　恨君容易處又話瀟湘
去凝思倚屏山淚流紅臉班
𨻶簾微雨雙飛鷰砌花零落紅深淺捻得寶
筝調心隨征棹遥　楚天雲外路動便經年
去香斷畫屏深舊歡何處尋

西溪子

金縷翠鈿浮動粧罷小窻圓夢日高時春已老人來到滿地落花慵掃無語倚屏風泣殘紅

虞美人

金籠鸚報天將曙驚起分飛處夜來潛與玉郎期多情不覺酒醒遲失歸期　映花避月遥相送膩鬢偏垂鳳却迴嬌步入香閨倚屏無語撚雲篦翠眉低

河傳

去去何處迢迢巴楚山水相連朝雲暮雨依舊十二峯前猿聲到客船　愁腸豈異丁香結因離別故國音書絶想佳人花下對明月春風恨應同

春暮微雨送君南浦愁斂雙蛾落花深處啼鳥似逐離歌粉檀珠淚和　臨流更把同心結情哽咽後會何時節不堪迴首相望已隔

汀洲櫓聲幽

花間集卷第十

右花間集十卷皆唐末才士長短句
情眞而調逸思深而言婉嗟乎雖文
之靡無補於世亦可謂工矣建康舊
有本比得往年例卷猶載郡將監司
僚幕之行有六朝實録與花間集之
贐又他處本皆訛舛乃是正而復刊

聊以存舊事云紹興十八年二月二

日濟陽晁　謙之　題

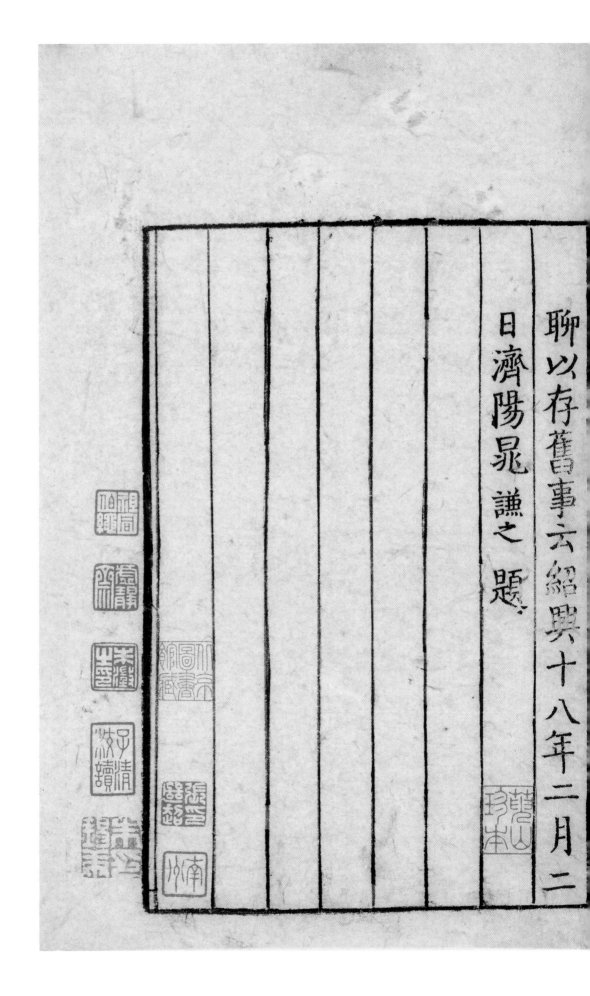

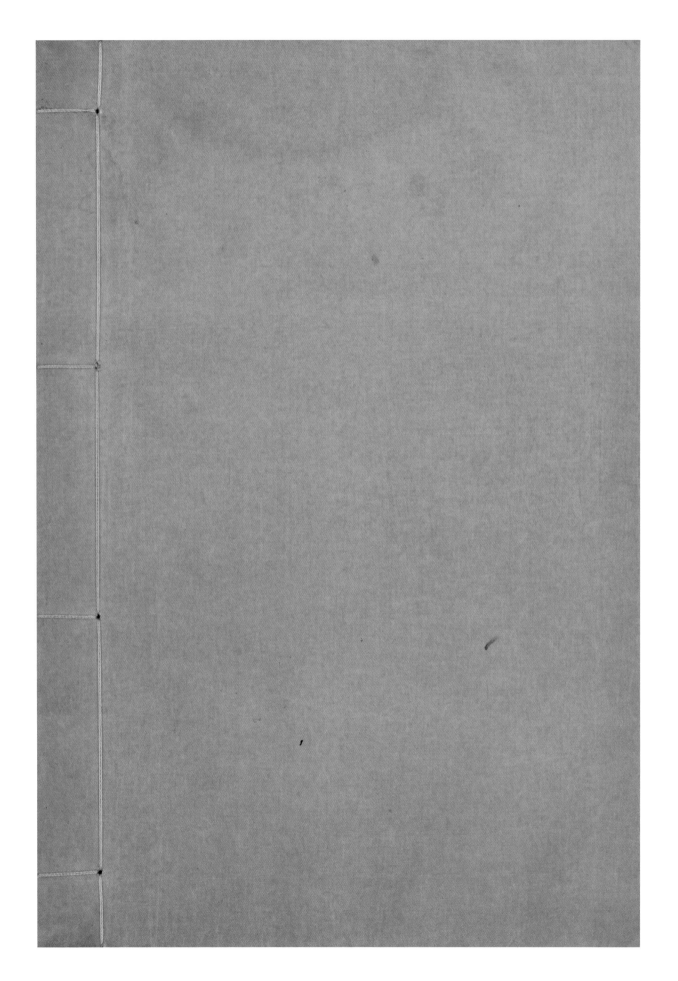

《花間集》局部鑒賞

花間集序

武德軍節度判官歐陽　炯　撰

鏤玉彫瓊擬化工而迥巧裁花剪葉奪春艷以爭鮮是以唱雲謠則金母詞清挹霞醴則穆王心醉名高白雪聲聲而自合鸞歌響遏青雲字字而偏諧鳳律楊柳大堤之句樂府相傳芙蓉曲渚之篇豪家自製莫不爭高門下三千玳瑁之簪競富罇前數十珊瑚之樹

則有綺筵公子繡幌佳人遞葉葉之花牋文
抽麗錦舉纖纖之玉指拍按香檀不無清絕
之辭用助嬌饒之態自南朝之宮體扇北里
之倡風何止言之不文所謂秀而不實有唐
已降率土之濱家家之香逕春風寧尋越艷
處處之紅樓夜月自瑣常娥在明皇朝則有
李太白應制清平樂詞四首近代溫飛卿復
有金筌集邇來作者無媿前人今衛尉少卿

字弘基以拾翠洲邊自得羽毛之異織綃泉底獨殊機杼之功廣會衆賓時延佳論因集近來詩客曲子詞五百首分爲十卷以炯粗預知音辱請命題仍爲序引昔郢人有歌陽春者號爲絶唱乃命之爲花間集庶以陽春之甲將使西園英哲用資羽蓋之歡南國嬋娟休唱蓮舟之引時大蜀廣政三年夏四月日序

花間集序 二

花間集一部十卷

銀青光禄大夫行衛尉少卿趙　崇祚　集

温助教 庭筠 六十六首　皇甫先輩 松 十一首

韋相 莊 四十七首　薛侍郎 昭藴 十九首

牛給事 嶠 三十二首　張舍人 泌 二十七首

毛司徒 文錫 三十一首　牛學士 希濟 十一首

歐陽舍人 炯 十七首　和學士 凝 二十首

顧太尉 敻 五十五首　孫少監 光憲 六十一首

魏太尉 承班 十五首　鹿太尉 虔扆 六首
閻處士 選 八首　尹參卿 鶚 六首
毛秘書 熙震 二十九首　李秀才 珣 三十七首

花間集卷第一　五十首

温助教 庭筠 五十首

菩薩蠻 十四首　更漏子 六首
歸國遥 二首　酒泉子 四首
定西番 三首　楊柳枝 八首
南歌子 七首　河瀆神 三首
女冠子 二首　玉胡蝶 一首

菩薩蠻　温庭筠

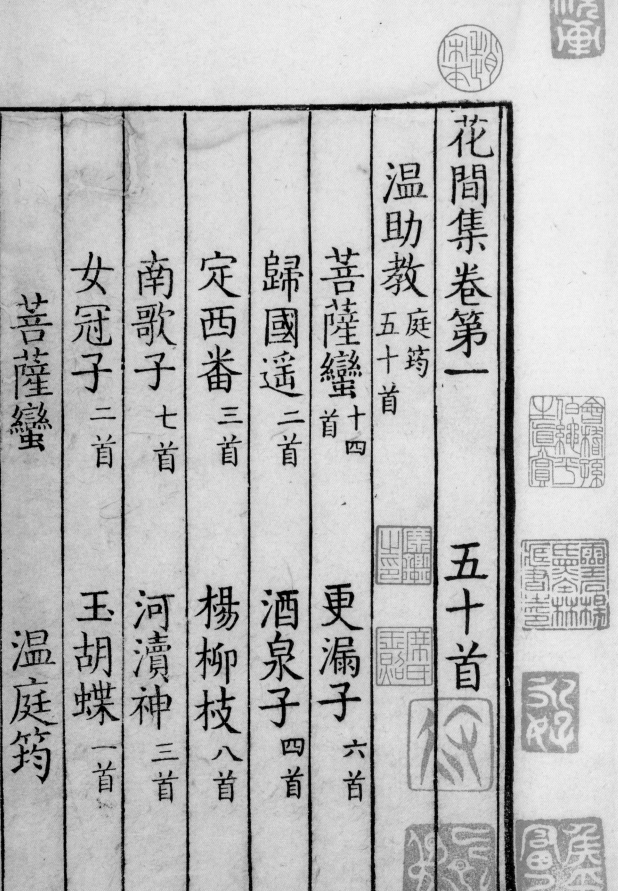

小山重疊金明滅鬢雲欲度香顋雪懶起畫
蛾眉弄粧梳洗遲 照花前後鏡花面交相
映新帖繡羅襦雙雙金鷓鴣
水精簾裏頗黎枕暖香惹夢鴛鴦錦江上柳
如煙鴈飛殘月天 藕絲秋色淺人勝參差
剪雙鬢隔香紅玉釵頭上風
蘂黃無限當山額宿粧隱笑紗窻隔相見牡
丹時暫來還別離 翠釵金作股釵上蝶雙

橋北橋南千萬條恨伊張緒不相饒金羈白
馬臨風望認得楊家靜婉腰
狂雪隨風撲馬飛惹煙無力被春欺莫交移
入靈和殿宮女三千又妬伊
裊翠籠煙拂暖波舞裙新染麴塵羅章華臺
畔隋堤上傍得春風尔許多

花間集第三

花間集卷第三

泛流螢明又滅夜涼水冷東灣闊風浩浩笛
寥寥萬頃金波澄澈　杜若洲香郁烈一聲
宿鴈霜時節經霅水過松江盡屬儂家日月

菩薩蠻　魏太尉　承班

羅裾薄薄秋波染眉間畫時山兩點相見綺
筵時深情暗共知　翠翹雲鬢動斂態彈金
鳳宴罷入蘭房邀人解珮璫
羅衣隱約金泥畫玳筵一曲當秋夜聲泛覷

人嬌雲鬢裊翠翹　酒釅紅玉軟眉翠秋山

遠繡幌麝煙沉誰人知兩心

花間集卷第八

河傳

去去何處迢迢巴楚山水相連朝雲暮雨依舊十二峯前猿聲到客船　愁腸豈異丁香結因離別故國音書絕想佳人花下對明月春風恨應同

春暮微雨送君南浦愁斂雙蛾落花深處啼鳥似逐離歌粉檀珠淚和　臨流更把同心結情哽咽後會何時節不堪迴首相望已隔

汀洲櫓聲幽

花間集卷第十

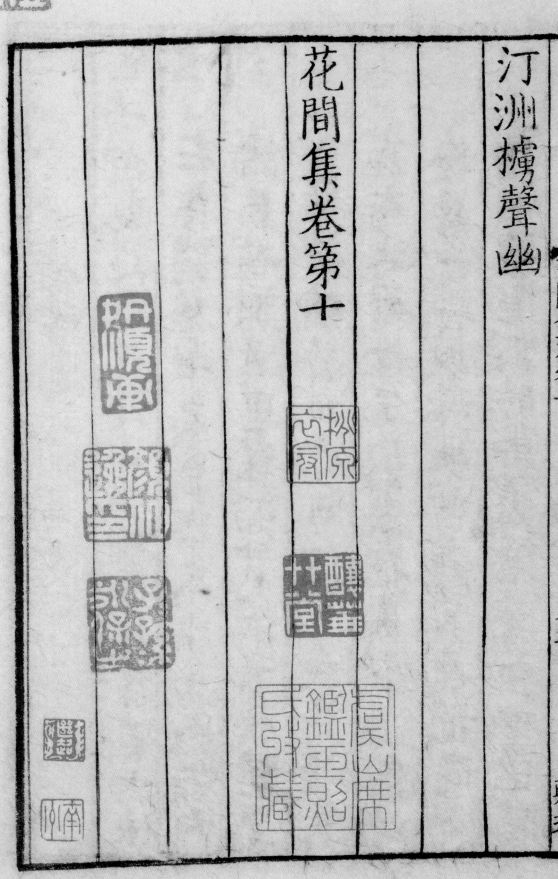

右花間集十卷皆唐末才士長短句
情眞而調逸思深而言婉嗟乎雖文
之靡無補於世亦可謂工矣建康舊
有本比得往年例卷猶載郡將監司
僚幕之行有六朝實録與花間集之
贐又他處本皆訛舛迺是正而復刊

聊以存舊事云紹興十八年二月二
日濟陽晁謙之題

跋建康郡齋花間集

詞有《花間》，猶詩有《三百》，《花間》爲詩客曲子詞，詩亦十五國風配樂可歌，以此循論，不得以花間俚語、兒女閨媟而輕之也。《詩三百》，一言以蔽之曰思無邪；《花間詞》五百首，約一言則情真言婉。世人謂一代有一代之文學，乃以活文學而言之，唐五代詞之勃興，實唐詩盛極，格律森嚴，典故深沉，漸次難協歌喉，才人學士於花間尊前，不得已而藉民間曲子寄情寫意。至温庭筠、韋莊以一代作手爲小詞，已有文人家數，遂開後世宋詞法門。唐詩別集盛行者夥，而唐五代詞集存者惟馮延巳《陽春集》，皆賴《花間》《尊前》二集傳焉。是編所選凡十八人，温飛卿、皇甫子奇，唐人也，故以冠首。蜀人或仕於蜀者凡十三人，其間閻選、毛熙震、歐陽炯、尹鶚、李珣爲蜀人；韋莊、牛嶠、牛希濟、毛文錫、薛昭藴、魏承班、顧敻、鹿虔扆等爲仕於蜀者。當唐末之世，北方戰亂不已，有西蜀王建、孟昶在西南，南唐李氏在江南，吴越錢氏在浙江，多年偏安，生息休養，社會穩定，經濟繁榮，文人學士多依三政權以避亂，故所用皆唐名臣世族。後三朝皆爲所得，天下歸一，人才亦鬱焉爲文明之鼎盛，於詩詞文學藝術等皆可徵也。此爲《花間詞》盛於西蜀，《尊前詞》盛於江南之必然。

是本爲南宋紹興十八年(一一四八)晁謙之刻於建康郡齋。晁謙之，字恭道，澶州（今河南濮陽）人。南渡後居信州。高宗紹興十五年（一一四五）以敷文閣直學士、右朝奉大夫知建康府兼江東安撫使。《花間集》原有建康刻本，嘗爲郡齋幕僚贈書。至晁氏任上，見有別本訛誤，故取之校正而刻傳之。建康郡齋刻此詞集，刻工有周清、章旼、毛仙、劉實、王琮、丁洋、于洋、林青、鄭珣、章旼、黄祥等。案兩宋刻書組織形式，因手工業從業者不留文字，史料匱乏，難以稽考。然據此書每葉版心下所鐫刻工姓名，可推知當時刻書工坊承攬刻書事宜，每刻工約一至二葉，先領書葉者刻畢再領。《花間》十卷，每卷少者十葉，多者十三四葉，每人承刻兩葉，則一卷書由刻工五至七人完成，如卷一有十葉周清、毛仙、劉實三人各二葉，章旼則先承刻第三、四葉，又承擔第七、八葉，章旼之刻書較爲熟練且快速，完成第一組兩葉後，又承擔兩葉。此種情況，在卷六有于洋刻連續四葉：七到十葉；卷八有黄祥刻完第一、二葉，又承擔第九、十葉；卷九有周清刻完第一、二葉，又承擔第十三、十四葉；卷十有周清刻完第九、十葉，又承擔第十三葉。其餘承刻多餘兩葉者僅卷六周清刻三葉：第十一至十三葉；卷七鄭珣刻三葉：第九至十一葉。各卷每位刻工僅刻一葉者，如卷二丁洋刻第三葉，于洋刻第四葉；卷十黄祥刻第七葉、林青刻第十一葉、鄭珣刻第十三葉，還有鄭王之刻序之第一葉、鄭刂刻序之第二葉。由此可約略知曉：刻工承接刻書任務一般以兩葉爲一單位，基本上平均分配，刻效既快又好者可以多有承攬。此種工匠協作組織形式，是宋代刻書高度市場化、工匠專業化之特别表現，實爲治兩宋社會史、經濟史所應當重視之史料。

建康郡齋《花間集》影印出版，爲《唐宋詞集珍本叢刊》之第一輯國家圖書館藏『宋元刻本』詞集之第一種，《叢刊》之編印，是中國書房繼《兩宋浙刻叢刊》高端影印宋元刻本之後的重要珍本文獻出版項目，包括『宋元刻本』『明刻本』『明抄本』『清初抄本』等，採用原版原色高清四色疊印的方式，爲學術界、詞學界提供更爲精準之學術研究底本。此《叢刊》受到著名詞學研究大家葉嘉瑩先生、鍾振振先生等前輩眷顧，復得到彭玉平、曹辛華、鄧子勉、鍾錦、侯體健、江合友、鄭虹霓、時潤民、周明初、葉曄、石任之諸位同道支持，共襄盛舉，可謂得其時哉。

歲次癸卯三月中澣謹識於浙江圖書館孤山館舍之紅樓

圖書在版編目（CIP）數據

花間集 / （五代） 趙崇祚編 ； 陳誼主編. -- 杭州 ： 浙江大學出版社, 2023.7

ISBN 978-7-308-24032-1

Ⅰ. ①花… Ⅱ. ①趙… ②陳… Ⅲ. ①詞（文學）－作品集－中國－古代 Ⅳ. ①I222.82

中國國家版本館CIP數據核字（2023）第127574號

中國書房・唐宋詞集珍本叢刊「一」

國家圖書館藏宋刻珍本

花間集 一函兩册

編　　選：【後蜀】趙崇祚

主　　編：陳　誼

總 策 劃：許石如　陸　張

責任編輯：王榮鑫

責任校對：吴　慶

裝幀設計：李　珊　于　晶

出版發行：浙江大學出版社

（杭州市天目山路一四八號 郵政編碼 三一〇〇〇七）

製版印刷：浙江海虹彩色印務有限公司

開　　本：八八九毫米×一一九四毫米　大十六開

字　　數：一百八十七千字

印　　張：十九點五

印　　數：〇〇〇一—一三〇〇

書　　號：ISBN 978-7-308-24032-1

版　　次：二〇二三年七月第一版　第一次印刷

定　　價：陆佰柒拾伍圓

出　　品：北京止觀書局

（北京市朝陽區南岸一號智安門牡丹巷二六—一〇一）

客服電話：13121836649